VENTE

DE

TABLEAUX

ANCIENS ET MODERNES

AQUARELLES, GOUACHES, GRAVURES

Objets d'Art et de Curiosité

BELLE PENDULE LOUIS XVI

Porcelaines anciennes de Chine et Autres

OBJETS DE VITRINE ET DIVERS

MEUBLES ANCIENS

HOTEL DROUOT, SALLE N° 7

Le Jeudi 29 Novembre 1900

à deux heures et demie précises

COMMISSAIRE-PRISEUR	EXPERT
Mᵉ LÉON TUAL	**M. B. LASQUIN**
56, rue de la Victoire	12, rue Laffitte

EXPOSITION PUBLIQUE

Le Mercredi 28 Novembre 1900, de 2 h. à 5 h. 1/2

CATALOGUE

DE

TABLEAUX

ANCIENS ET MODERNES

Aquarelles, Gouaches, Gravures

PAR

BAIL (JOSEPH), BONINGTON, BURGERS, DIAZ, FORTUNY,
ISABEY, KAREL DU JARDIN, LAVIEILLE, DE PENNE,
PILLEMENT, VALLAYER-COSTER (Mme), HORACE VERNET, ZIEM, ETC.

Importante composition de RAFFAELLI

OBJETS D'ART & DE CURIOSITÉ

BELLE PENDULE LOUIS XVI

PORCELAINES ANCIENNES DE CHINE ET AUTRES

Objets de Vitrine et Divers

MEUBLES ANCIENS

DONT LA VENTE AURA LIEU

HOTEL DROUOT, SALLE N° 7

Le Jeudi 29 Novembre 1900

à deux heures et demie précises

COMMISSAIRE-PRISEUR	EXPERT
Mᵉ Léon TUAL	**M. B. LASQUIN**
56, rue de la Victoire	12, rue Laffitte

EXPOSITION PUBLIQUE

Le Mercredi 28 Novembre 1900, de 2 h. à 5 h. 1/2

CONDITIONS DE LA VENTE

La vente se fait au comptant.

Les acquéreurs payeront *cinq pour cent* en sus des adjudications.

Paris.— Imp. de l'Art, E. Moreau et Cⁱᵉ, 41, rue de la Victoire.

DÉSIGNATION

TABLEAUX
ANCIENS ET MODERNES

GOUACHES, AQUARELLES, GRAVURES

1 — BAIL (Joseph), 1886. Raisins, poires, pommes et sucrier d'argent.

2 — BERNARD GAAL. Un Marché aux chevaux.

3 — BESSON. Moine.

4 — BONINGTON signé, daté 1826. Vue de Ville de Hollande.

5 — BERERGEUGNON (Genre de). Bataille.

6 — BURGERS. Prière à la Madone (Venise).

7 — BURGERS. Les Lagunes (Venise).

8 — BURGERS. Vue de Venise.

9 — CANALETTO (École de). Vue de l'ancien port
de Gênes.

10 — CERQUOZZI. Fruits.

11 — CERQUOZZI. Grenade, raisins et roses.

12 — COROT (Attribué à). Paysage ; soleil cou-
chant.

13 — COROT (Genre de). Paysage.

14 — COURBET (Genre de). La Cascade.

15 — COURANT (Maurice). Marée basse. Aquarelle.

16 — DE DREUX (Alfred). Cheval de selle, gris
pommelé.

17 — DIAZ. Lisière de forêt. Aquarelle.

18 — Diaz (Attribué à). Sous bois ; le Bas Bréau.

19 — Fortuny. Toréador. Aquarelle.

20 — Garnier (Jules). Un page de ville Gongys.

21 — Géricault (Attribué à). Deux Chevaux à l'écurie.

22 — Godin (Georges). La pointe du raz de Sein.

23 — Godin (Georges'. La Seine à Bougival.

24 — Godin (Ceorges). Bords de la Creuse.

25 — Godin (Georges). L'Abbaye de Passy.

26 — Guillemet. Paysage.

27 — Hamman (fils). Vaches au pâturage.

28 — Isabey. Entrée de Port.

29 — Karel Du Jardin. Une Martyre.

30 — Kierings. Deux cavaliers dans un paysage.

31 — Lavieille (Eugène). Paysage ; Entrée de village.

32 — LONGUET. Nymphe et amour.

33 — LYS (Van der). L'Annonciation.

34 — OSTADE (Attribué à Isaac). Scène d'intérieur.

35 — PILLEMENT. Deux paysages avec figures. Gouache.

36 — PENNE (O. de). Relais de chiens sur la neige. Aquarelle gouachée.

37 — RAFFAELLI. Les Boulevards. Importante composition avec de nombreuses figures.

38 — ROSELLI. Le Christ en croix.

39 — ROUSSEAU (Philippe). Fruits et légumes.

40 — SALVATOR ROSA (Ecole de). Paysage avec rivière et trois pêcheurs dans une barque.

41 — SARRAZIN. Paysage.

42 — TENIERS (D'après). Deux figures dans un intérieur. Cadre ancien.

43 — VALLAYER COSTER (Mme) Tiges de pavot dans

un pot et arrosoir sur une table. Signé et daté 1769.

44 — VERNON (Paul). Bouquet de fleurs.

45 — VOLLIER (1870). Nature morte et fruits. Deux pendants.

46 — VERNET (Horace). Portrait d'homme en buste, forme ovale.

47 — VERNET (Attribué à Horace). Napoléon à Austerlitz.

48 — WAKALOPOULOS (J.). Étude de forgeron.

49 — ZIEM. Réunion de figures dans un paysage d'Orient. Peinture sur panneau. Signé à droite.

50 — ÉCOLE MODERNE. Paysage, genre de Corot.

51 — ÉCOLE FRANÇAISE. Fête champêtre.

52 — ÉCOLE FRANÇAISE. Portrait de femme, Empire, en robe blanche.

53 — ÉCOLE HOLLANDAISE. Oiseaux morts.

54 — ÉCOLE ITALIENNE. La Sainte Famille, dans un paysage.

55 — ÉCOLE ITALIENNE. Nature morte et fruits.

56 — ÉCOLE ITALIENNE. La Vierge, Jésus et saint Jean. Petite peinture.

57 — ÉCOLE ITALIENNE. Groupe d'amours. Toile forme ronde.

58 — ÉCOLE ITALIENNE. Sainte Madeleine en prière.

59 — ÉCOLE ITALIENNE. Portrait de Raphaël.

60 — Suite de quatre gouaches du XVIIe siècle, à emblèmes allégoriques et écussons fleurdelisés.

61 — Un mariage espagnol. Gravure de Edmond GIRARDET, d'après Fortuny.

62 — Le Gué, par Edmond GIRARDET, d'après Troyon.

63 — L'Angelus. Eau-forte de WALTNER, d'après Millet.

64 — Gravure et lithographies. Trois pièces.

65 — Trois toiles peintes, dont deux trompe-
l'œil et un sujet d'après Teniers.

OBJETS DE VITRINE
ET DIVERS

66 — Salière en émail de Batersea.

67 — Figurine de pêcheuse, en os.

68 — Un verre gravé ancien.

69 — Miniature ronde : Portrait de femme, 1807.

70 — Moraillon du XVIᵉ siècle, en bronze doré, à
cariatide et écusson.

71 — Deux fermoirs d'escarcelles, en bronze
doré, Louis XVI et Empire.

72 — Petit crucifix Louis XIII, en cuivre doré.

73 — Deux boîtes de montres Louis XIII, en
cuivre ciselé à jour et doré.

74 — Petit baiser de paix, en cuivre doré du XVIe siècle.

75 — Boîte oblongue à compartiments, et un carnet en mosaïque de Bombay.

76 — Deux inros et une petite boîte, en laque du Japon.

77 — Plaque en cuivre galvanisé, style Louis XVI, et figure-applique, en cuivre, du du XVIe siècle.

78 — Ecritoire Louis XIV, à trois godets, en cuivre argenté sur plateau, en bois noir.

79 — Monture d'éventail, en nacre, et feuille peinte à la gouache. Eliézer et Rebecca.

80 — Grand coupe-papier en ivoire.

81 — Une dague et un poignard.

82 — Lampe indienne, en bronze ancien ; une coupe antique.

83 — Un bougeoir et un socle, en bronze.

84 — Deux petites coupes, en cristal.

PORCELAINES
ET FAIENCES

85 — Vingt et une assiettes en ancienne porcelaine de Chine, décor en rouge de fer et or,
à la dame au parasol.

86 — Six assiettes en ancienne porcelaine de
Chine, émaillée en couleurs de décors variés.

87 — Quatre assiettes en ancienne porcelaine
de la Compagnie des Indes, à armoiries.

88 — Quatre compotiers en ancienne porcelaine
de la Compagnie des Indes, dont deux à décor
bleu.

89 — Deux plats à décor bleu.

90 — Neuf pièces : plats et assiettes en vieux
Japon, décors variés bleu, rouge et or.

91 — Un petit bol et une soucoupe en vieux
Chine.

92 — Deux tasses variées en porcelaine tendre
de Sèvres.

93 — Un pot à crème en vieux Sèvres, décor de
fleurs.

94 — Ecuelle et plateau, en porcelaine décorée
de paysages.

95 — Beurrier en porcelaine décorée de fleurs et
figures.

96 — Bannette en vieux Rouen, décor à lam-
brequins en bleu et rouge.

97 — Assiette en faïence de Castelli.

98 — Six pièces en faïence ancienne : salières,
sabots, pichet, saucière.

99 — Cabaret en porcelaine ancienne de Venise,
composé de vingt-trois pièces.

100 — Neuf tasses et soucoupes en porcelaine
ancienne de Frankenthal, décor de fleurs.

101 — Cerf couché, en porcelaine de Saxe.

102 — Deux grands vases balustres, en porcelaine
de Chine bleue empois, gaufrée en blanc, à
fleurs.

103 — Trois pièces : coupe en faïence italienne
et deux médaillons ovale : la Vierge et le
Christ.

104 — Petite potiche en faïence de Delft.

105 — Dix-sept pièces : tasses, soucoupes de
Chine et du Japon.

106 — Une coupe et un vase étrusque, en terre
noire.

BRONZES, MEUBLES

107 — Belle pendule Louis XVI, forme lyre, en
bronze ciselé et doré, à feuillages, têtes d'ai-
gles et guirlandes sur socle ovale, en marbre
blanc, portant le chiffre du Roi.

Le cadran marque les quantièmes et les
secondes.

D'après une note du Catalogue de la vente
de M. De Villers Vaudey, ancien garde géné-
ral des domaines de la Couronne, faite à Versailles, le 13 février 1884. Cette pendule pro-
viendrait du Cabinet de Louis XVI, et aurait
été vendue à Versailles, en 1893, lors de la
vente dite des Capets.

108 — Pendule Louis XV, en bois peint à fleurs,
ornée de bronzes rocailles, offrant un dragon
au centre et surmontée d'une figurine. Cadran au nom de La Motte à Rouen.

109 — Secrétaire Louis XVI, à pans coupés et
montants cannelés, en acajou, garni de rangs
de perles et d'une frise de cartouches, en
bronze doré.

110 — Canapé Louis XV, en bois doré et damas
de soie rouge.

111 — Deux fauteuils Louis XV, en bois doré.

112 — Pendule, marbre blanc et bronze, sur-

montée d'une statuette de femme et deux candélabres.

113 — Deux vases, forme Médicis, en bronze doré.

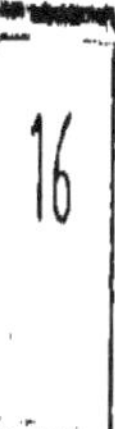

MIRE ISO N° 1
NF Z 43-007
AFNOR
Cedex 7 - 92080 PARIS-LA-DÉFENSE

graphicom

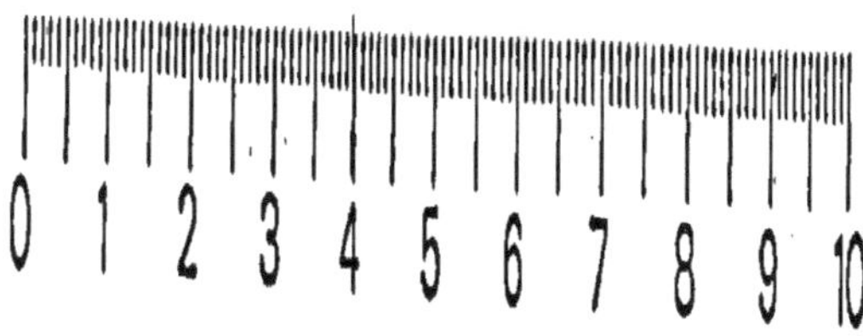

BIBLIOTHEQUE NATIONALE DE FRANCE

****

CHATEAU DE SABLE

1996